DE L'INSTITUT

DU

MUSÉE NAPOLÉON III

FONDATION

D'UN

MUSÉE D'ART INDUSTRIEL

EMILE GALICHON

PARIS

E. DENTU LIBRAIRE, PALAIS-ROYAL, 13 ET 17

1862

DES DESTINÉES

DU

MUSÉE NAPOLÉON, III

—

FONDATION

D'UN MUSÉE D'ART INDUSTRIEL

PARIS. — IMPRIMERIE DE J. CLAYE

RUE SAINT-BENOIT, 7

DES DESTINÉES

DU

MUSÉE NAPOLÉON III

FONDATION

D'UN

MUSÉE D'ART INDUSTRIEL

PAR

ÉMILE GALICHON

PARIS

E. DENTU, LIBRAIRE, PALAIS-ROYAL, 13 ET 17

—

1862

DES DESTINÉES

DU

MUSÉE NAPOLÉON III

FONDATION

D'UN MUSÉE D'ART INDUSTRIEL

La note du *Moniteur* (11 juillet 1862), annonçant la translation au Louvre des collections du Musée Napoléon III, semblait devoir mettre fin à toute discussion relative aux destinées de nos acquisitions récentes. Loin de là : cette note qui devait calmer les esprits les a excités, et de toutes parts se sont élevées de vives réclamations. Pourquoi donc tant d'opposition à une mesure qui paraît au premier abord toute naturelle? C'est qu'il est évident pour tous ceux qui ont visité Londres cette année qu'il ne suffit plus à la France d'avoir des musées propres à des exhibitions superficielles, mais qu'il lui faut aujourd'hui des musées vraiment profitables à la science et à l'industrie, et que pour atteindre ce but il est nécessaire de lutter contre l'absorption du Musée Napoléon III par le Louvre. Un article inséré dans la *Gazette des Beaux-Arts* a déjà fait connaître notre pensée à cet égard, et nous ne serions point revenu sur ce premier travail s'il n'avait trouvé de l'écho, si un vote de deux sections

*

de l'Institut ne pouvait pas modifier la décision prise antérieurement, et si des personnes autorisées ne nous avaient point invité
à développer les motifs qui nous faisaient demander la création d'une
institution nouvelle. Sans rancune politique ou personnelle comme
sans envie, libre de tout lien qui empêche de parler en pleine fran-
chise, et parfaitement dégagé de tout intérêt particulier, nous n'avons
pas besoin de dire que nous exposerons nos idées en toute sincérité,
et sans autre sentiment que celui de servir la cause des arts à
laquelle nous consacrons tous les loisirs d'une vie occupée.

I

La force des armes peut donner à une nation la puissance ;
mais, dans les temps modernes, le niveau seul de son intelligence lui
donnera la grandeur. Cette vérité impose aux États l'obligation
de faciliter par tous les moyens l'instruction des peuples ; aussi
voyons-nous en France le gouvernement surveiller l'enseignement
des lycées, s'employer à former des professeurs, à fonder et à entre-
tenir des bibliothèques, à développer, en un mot, toute institution
profitable aux lettres et aux sciences. Les arts seuls, comme s'ils
importaient médiocrement à la gloire des nations, restent dans un
état de stagnation inexplicable. « Dans les arts, disait, il y a peu de
temps, un de nos architectes les plus éminents, M. Viollet-Le-Duc,
il faut beaucoup enseigner, peu ou point diriger, et récompenser les
succès publics. C'est à peu près le contraire qui se pratique chez
nous. On n'enseigne rien ou presque rien, on prétend beaucoup
diriger et on fait l'aumône aux médiocrités besoigneuses [1]. » Mais
notre intention n'est point aujourd'hui d'examiner dans son ensemble
un sujet aussi vaste, et nous nous estimerions fort heureux si nous

1. *Gazette des Beaux-Arts*, t. xii, p. 54.

pouvions appeler, pour un instant, l'attention publique sur un seul point, sur la direction de nos musées.

On ne peut le méconnaître, les acquisitions d'œuvres d'art, les grandes collections bien arrangées exercent une véritable influence sur le goût public et sur celui des artistes. Et pourtant l'État en France n'intervient pas dans la gestion de nos musées; il s'en tient même tellement en dehors qu'il n'a point ou presque point d'intérêt à leur développement. C'est à la liste civile que sont abandonnés le soin et la charge de conserver et d'augmenter nos collections. Ces deux services sont-ils suffisamment assurés? Examinons d'abord cette question en évitant toute personnalité.

Quant à la conservation des chefs-d'œuvre confiés au Louvre, nous avons peu de choses à en dire, ayant autrefois exprimé nettement notre opinion sur les prétendues restaurations de tableaux[1]. D'ailleurs, le Ministre lui-même a implicitement exprimé son avis en instituant une commission pour éviter à l'avenir le retour de semblables erreurs? Mais cette commission, nommée par le Ministère de la maison de l'Empereur, offre-t-elle toutes les garanties désirables? Nous ne le pensons point. Les circonstances au milieu desquelles elle a été formée, les récompenses et les actes qui en ont suivi la création, nous donnent à craindre que cette commission ne finisse par tomber en désuétude comme d'autres instituées antérieurement et non encore révoquées. Il nous semble qu'au lieu de recevoir leur nomination du ministère de la maison de l'Empereur, les membres qui la forment devraient relever de l'État, qui, pour avoir abandonné à la liste civile la jouissance de nos musées, ne doit pas avoir perdu sur ces précieux dépôts tout droit de contrôle et de surveillance, la surveillance étant un des devoirs les plus rigoureux de l'État.

1. *De la restauration des tableaux,* réponse au Conservateur des tableaux au Louvre, brochure; *Gazette des Beaux-Arts,* t. vii.

Mais si nous avons à souhaiter qu'on raffermisse les mesures pré-
servatrices de nos trésors, il nous faut aussi espérer de grands chan-
gements dans le mode de développement appliqué à nos musées. Le
Louvre réunit, on le sait, la presque totalité des chefs-d'œuvre pos-
sédés par la France. Il renferme nos musées Assyrien, Égyptien et
Mexicain, nos collections de sculptures, de bronzes, de vases et de
terres cuites antiques, nos musées de peintures et de sculptures du
moyen âge et de la renaissance, nos collections de dessins, de pastels et
de miniatures ; il comprend des séries de majoliques et d'émaux, de
bijoux et d'autres objets en matières précieuses ; il contient encore
un musée chinois, et, chose étrange, un musée de marine, un musée
des souverains et un musée ethnographique qui seraient évidem-
ment mieux placés ailleurs. Eh bien, pour tant de séries on s'ima-
ginerait peut-être que les fonds d'acquisition s'élèvent à des millions, tandis qu'ils ne montent guère qu'à une centaine de mille francs,
c'est-à-dire à une somme moindre que celle consacrée par plusieurs
de nos riches financiers à la satisfaction de leurs goûts. Encore si
cette dotation une fois allouée, elle appartenait en toute propriété à
nos musées ; malheureusement il n'en est rien. Les conservateurs du
Louvre ne trouvent-ils point à dépenser utilement cette somme dans
l'année, elle doit faire retour au Trésor, comme s'il était aussi facile
de découvrir des chefs-d'œuvre que de trouver des comestibles au
marché. Cependant, il est juste de dire que l'État ou le souverain
lui-même supplée parfois à l'insuffisance du budget normal par
des crédits extraordinaires. Mais ces crédits rarement demandés,
inapplicables à des occasions inattendues et fugitives, les meilleures
de toutes, sont en outre toujours ouverts dans un but déterminé.
Aussi qu'arrive-t-il ? Que les conservateurs de nos collections, crai-
gnant de perdre le bénéfice de leur crédit et entièrement dominés
par cette crainte, poussent à outrance leurs enchères, dussent-ils
provoquer parfois les sourires malicieux des hommes du métier. « Ce

système, on le comprend, dit M. de Lasteyrie, ne tend à rien moins qu'à tuer chez les administrateurs de nos grandes collections tout sentiment d'économie et de judicieuse épargne. Il les pousse à dépenser, bien ou mal, n'importe comment, mais à dépenser toujours[1]. » Oui, on ne saurait trop le répéter, l'insuffisance, pour ne pas dire la nullité du budget normal, empêche les conservateurs de rechercher les occasions d'enrichir avec profit et à peu de frais nos musées, tandis que la non-réversibilité des fonds les pousse à acquérir des œuvres plus ou moins satisfaisantes et même souvent peu dignes du Louvre, ou bien encore à céder à de fâcheux entraînements. Comment, en effet, expliquer autrement la somme énorme donnée pour un ivoire qu'on avait refusé peu auparavant à un prix beaucoup moindre, et l'enchère extravagante mise sur la composition banale d'un maître de second ordre, sur la *Conception* de Murillo ?

Ici, pourtant, ce n'est pas un blâme que nous entendons prononcer contre les administrateurs du Louvre. Mieux valait assurément pour une nation comme la nôtre payer trop cher un beau morceau de peinture que d'en être à jamais privé sans compensation. M. de Nieuwerkerke n'est pas plus blâmable d'avoir enchéri outre mesure un tableau qui menaçait de lui échapper, que d'avoir manqué des occasions illustres alors que les fonds lui manquaient. Nous devons rendre justice au Directeur général des Musées que le plus souvent il a usé avec sagacité et bonheur du mince crédit qui lui était alloué, et ce n'est pas la première fois que nous lui adressons cet éloge. Quant à MM. les conservateurs du Louvre, ce sont des hommes assurément remplis d'érudition et de goût, mais les qualités personnelles ne suffisent pas à des fonctions aussi importantes; il y faut un esprit plus ouvert à l'intelligence des sentiments

1. *Causeries artistiques*, par M. Ferdinand de Lasteyrie.

généraux et des besoins publics ; il y faut une participation plus géné-
reuse à la vie commune, et une abnégation de soi au profit de tous ;
il importe enfin d'appartenir un peu moins à la science acquise et
de favoriser un peu plus ceux qui la veulent acquérir. Un conservateur, pour tout dire en un mot, doit être un savant à la disposition
des simples, un expert aux ordres des aspirants.

Mais si l'exiguïté des dotations et un mauvais système financier
nuisent au développement de nos collections, le régime administratif
auquel elles sont soumises les rendent peu profitables. Le Louvre étant
un musée dont la jouissance appartient à la liste civile qui, il est vrai,
en octroie gracieusement la vue au public, les morceaux et les collections qui s'y trouvent aujourd'hui peuvent, au gré du souverain ou des
directeurs, en disparaître demain pour être placés dans quelque autre
palais, de façon que toute mesure prise à l'avantage des visiteurs ou
des travailleurs constitue, non pas un droit permanent pour le public, mais bien une faveur toujours révocable. Cette situation parti-
culière au Louvre, outre qu'elle s'oppose à l'établissement d'un
règlement fixe, large et officiellement libéral, pour ainsi dire, a
encore l'inconvénient de paralyser le travail de MM. les conservateurs. Depuis bien des années on attend patiemment les cata-
logues des sculptures antiques, des vases, des terres cuites, des
figurines, des bronzes (enlevés longtemps des salles publiques), des
dessins, des pastels, des miniatures, du musée des souverains, du
musée chinois ;... et tout fait croire qu'on les attendra longtemps
encore, alors que la plupart des nations ont déjà fait leurs cata-
logues et nous ont laissé des modèles que nous ne nous pressons
point d'imiter, alors que l'État lui-même nous donne l'exemple
en publiant l'inventaire de ses archives municipales. Est-il cependant un travail plus utile que celui qui révélerait aux savants et aux
artistes l'existence de bien des œuvres, ignorées parce qu'elles sont
uniques et ensevelies dans des lieux d'où l'obligeance toute parti-

culière des administrateurs peut seule les faire sortir? Trop heureux
sommes-nous encore quand la jalousie ou des discussions scientifi-
ques ne nous enlèvent point cette dernière ressource.

Par une contradiction étrange, l'organisation du Louvre qui con-
duit les administrateurs à redouter, malgré leur intelligence et leur
érudition, les soucis de l'activité et les tourments féconds de la lutte,
crée chez eux un désir insatiable, non point d'accroître nos richesses — ils ne le peuvent et n'osent le vouloir, — mais de dépouiller
toute administration mieux dotée que la leur. Il semblerait, à les
voir agir, que, ne pouvant s'enrichir par leur propre budget, ils
cherchent à grossir leurs collections en démembrant celles de l'État.
Il y a peu de temps, ils ne parlaient de rien moins que de prendre à
la Bibliothèque impériale plusieurs de ses collections, et récemment
encore nous les avons vus s'agiter outre mesure pour empêcher
qu'il ne s'élevât en face du Louvre un Musée établi sur des bases
plus libérales, et qui, par une comparaison désavantageuse pour
eux, les forcerait au travail. Le 11 juillet, *le Moniteur* annonçait la
translation du Musée Napoléon III au Louvre, et, dès le 1er août,
l'exposition du palais des Champs-Élysées devait fermer. Les salles
destinées à recevoir nos collections nouvelles étaient-elles donc
prêtes? Les Parisiens, les provinciaux et les étrangers ne se ren-
daient-ils plus au palais des Champs-Élysées? Les artistes et les
savants avaient-ils déjà épuisé tout l'intérêt que leur offrait le Musée
Napoléon III? Non. Les préparatifs d'installation au Louvre n'étaient
même point commencés; les visiteurs présentaient encore une
moyenne de 1,800 personnes par jour, et beaucoup de travaux en
train de se faire allaient être, au grand préjudice de leurs auteurs,
brusquement suspendus. Des journaux réclamèrent, des pétitions se
signèrent, et le gouvernement accorda un sursis de trois mois. Ce
sursis fut, dit-on, décidé dès le 15 juillet, et ce ne fut cependant
que le 31 juillet, la veille de la clôture, que le *Moniteur* l'annonça!

Pourquoi donc tant de hâte à s'emparer de trésors pour l'acquisition desquels on avait montré d'abord tant de tiédeur? Était-ce pour épargner à l'État un ridicule, celui de se former le noyau d'un Musée à part avec les débris d'une collection déjà écrémée par la Russie? Cela est peu probable. L'administration du Louvre sait trop bien que le commissaire russe n'a pu toucher aux réserves faites par le gouvernement pontifical, et que, sur dix séries, sept n'ont eu à subir aucun prélèvement; et d'ailleurs M. le comte de Nieuwerkerke et M. de Longpérier avaient été, suivant leurs propres dires, vivement frappés à Rome « des richesses éblouissantes de ces séries, richesses qui dépassaient les plus belles espérances qu'ils en avaient pu concevoir. » Si, en effet, le Musée Napoléon III peut bien ne pas représenter, comme le soutiennent ses panégyristes exaltés, l'histoire universelle de l'art, s'il lui manque pour cela des chefs-d'œuvre, et si trop de lacunes s'y font remarquer, il offre, on ne peut le contester, une réunion nombreuse d'objets très précieux par leur intérêt et leur beauté, un fonds très-respectable pour commencer le Musée d'une grande institution. Ah! si le Musée Napoléon III n'avait rien de plus à nous apprendre que le côté historique de l'art, nous serions le premier à demander la fusion complète de ses séries avec celles de nos anciennes collections, bien autrement susceptibles de représenter en lettres d'or cette histoire, et nous ne voudrions point de l'installation d'un nouveau Musée à côté de ce Louvre qui en ferait toujours pâlir les richesses et ressortir les misères. Mais le Musée Napoléon III a, suivant nous, une bien autre portée : il doit être un Musée d'études pratiques, une leçon parlante, et, pour ainsi dire, un atelier de goût pour nos fabricants et nos ouvriers.

Plus modeste dans nos désirs que MM. les administrateurs du Louvre, nous n'irons point jusqu'à demander que l'État, pour ce musée futur que nous réclamons, reprenne à nos anciennes collections des morceaux largement payés par lui; mais nous oserons dé-

clarer hautement qu'il est urgent pour l'État d'avoir enfin des Musées à lui appartenant en toute propriété, des Musées pour lesquels
il conserverait les derniers achats faits en vertu d'un vote parlemen-
taire. Ce vote accordait 4,800,000 fr. « applicables à l'acquisition, à
la restauration et aux frais de translation du Musée Campana, en
France, » *en France*, disait le vote, et pas plus au Louvre qu'ailleurs.
Le Musée de l'État, dont nous demandons la fondation, ne peut point
s'établir dans les bâtiments du Louvre, et cela à cause d'un sénatus-
consulte, en date du 12 décembre 1852, qui déclare « que tous les
monuments et objets d'art qui seront placés dans les maisons impé-
riales, soit aux frais de l'État, soit aux frais de la couronne, seront
et demeureront, dès ce moment, propriété de la couronne. » Mais
si nous désirons que l'État ait des Musées qu'il puisse posséder et
diriger lui-même, c'est par des raisons sérieuses que nous allons
donner.

Quelques années d'une prospérité toujours croissante ont complétement changé les bases de la fortune publique et fait atteindre
aux objets d'art des prix auparavant inconnus. En Angleterre, les
dotations des Musées ont suivi le mouvement ascendant de la richesse
générale. Le budget du British-Museum, fixé annuellement (1847-1857)
à 1,400,000 fr. en moyenne, a été porté, en 1860, à 2,500,000 fr.
environ; celui de la Galerie Nationale, arrêté autrefois pour les
seules acquisitions à 62,500 fr., monte maintenant à 225,000 fr., et
quant aux collections toutes récentes du palais de Kensington, elles
offrent encore des résultats bien autrement satisfaisants. « On a cal-
culé, dit M. de Triqueti, que, sans parler des tableaux précieux légués
à l'établissement, les dons et les prêts d'objets d'art livrés au public
présentaient une valeur de 11,500,000 fr.; que le produit total des
rétributions scolaires s'élevait annuellement à 400,000 fr., et que
la recette produite par l'exposition de la collection ambulante pré-
sentait un chiffre de 150,000 fr. Cette institution profite encore de

crédits extraordinaires votés par les chambres, d'une dotation annuelle
de 2,750 fr. faite par l'État à chacune de ses 80 écoles (soit annuellement 220,000) et à celles qui pourront se fonder, et enfin des
sommes considérables que rapporte un droit d'entrée perçu sur
chaque visiteur reçu dans le Musée de Londres[1]. »

Malheureusement, il faut bien l'avouer, rien d'analogue ne s'est
passé en France, et les collections n'ont point progressé en raison
des accroissements de la richesse publique. A qui nous plaindre de
cette anomalie? Au Ministère de la maison de l'Empereur? mais sa
dotation fixe n'a point varié; au Ministère d'État? mais il n'a rien à
voir dans la direction de nos Musées. Donc, il faut bien le constat-
ter, aucune voix autorisée ne peut dans nos chambres plaider la
cause de nos grandes collections. En cet état de choses, qui osera
dire qu'il est désirable que le Louvre s'enrichisse de nouvelles séries
toutes industrielles et archéologiques, de séries qui ne pourront s'accroître qu'aux dépens d'un budget déjà si insuffisant pour les anciennes collections? Et d'ailleurs le Louvre ne répond plus, sous
certains rapports, aux exigences du temps présent. L'industrie fran-
çaise, menacée par la concurrence anglaise, même dans les objets de
luxe, minée par la division du travail qui empêche toute éducation
un peu large, réclame de nouvelles institutions. Aussi ne deman-
dons-nous point l'installation d'un Musée rival du Louvre, mais
celle d'un Musée qui, appartenant à l'État, se prête mieux à l'accom-
plissement d'un devoir public envers les artistes, les industriels et
les hommes de goût. Il existe, nous dira-t-on, des écoles pour faire
face à cette nécessité, mais elles sont *extrêmement rares* et dépour-
vues de tout instrument de travail. Or cet instrument de travail, c'est
précisément le Musée d'art industriel dont nous appelons de tous
nos vœux la création.

1. *Les trois musées de Londres,* par M. de Triqueti.

II

L'ouverture du Musée Napoléon III, faite au moment où Londres accuse, dans son Exposition, les progrès incontestables du goût anglais, le caractère archéologique et industriel des collections réunies au palais des Champs-Elysées, l'affluence des visiteurs, les nombreuses demandes de cartes de travail, l'assiduité des savants et des fabricants à profiter des facilités qui leur étaient offertes, le nom même du souverain, donné à l'ensemble de ces collections, avaient fait naître l'espoir d'un établissement libéral et puissant, capable de raffermir notre goût et de maintenir à l'étranger la prééminence de nos produits. La nouvelle de la clôture du musée Napoléon III et de sa translation au Louvre a détruit toutes ces espérances ; elle a éveillé bien des regrets parmi les personnes qui portent intérêt aux sciences et à l'art dans ses manifestations secondaires. Ces espérances, ces regrets sont-ils suffisamment justifiés ? Le Louvre peut-il ou ne peut-il point, même en subissant des modifications, venir en aide à l'industrie ? C'est ce que nous voulons maintenant étudier, sans crainte de donner franchement notre opinion, sûr que nous sommes d'être inspiré par le seul désir du bien.

La France a, plus que toute autre nation, la faculté de discerner les beautés qui brillent dans un ouvrage et les défauts qui le déparent. Plus que toute autre, elle sait s'assimiler les qualités reconnues et leur imprimer un caractère qui les fait siennes ; mais le goût n'est point un don absolument naturel, il dépend essentiellement de l'éducation, il se forme, se développe et s'entretient par l'habitude. Éclairée de bonne heure par les plus beaux modèles de l'antiquité et de la renaissance que nos rois et plus tard nos musées exposaient aux regards du peuple, la France a vu cette faculté grandir chez elle, tandis qu'en Angleterre une aristocratie puissante s'opposait à un développement semblable en enfermant, dans des palais interdits au public, les chefs-d'œuvre du génie humain. Maintenant il n'en est plus ainsi : instruite par notre exemple, l'Angleterre nous devance déjà ; ses artisans, qui naguère ne pouvaient point s'inspirer des grands modèles, pourront désormais non-seulement les entrevoir, mais les étudier à loisir. La Galerie Nationale, créée d'hier, abrite aujourd'hui bien des pages admirables de maîtres qui manquent au Louvre, et le musée de Kensington, autre création toute récente, possède déjà des collections considérables, et dont les pièces, circulant de ville en ville, vont porter dans quatre-vingts écoles, fréquentées par quatre-vingt-dix mille élèves, l'exemple, l'instruction et le goût.

Ces institutions nouvelles et les développements extraordinaires apportés à celles qui végétaient hier sont les résultats de l'exposition de 1851 qui, en faisant ressortir notre suprématie dans les productions où l'art s'allie à l'industrie, livra aussi le secret de notre force. Les lord du comité du Conseil privé pour le commerce, et le très-regrettable prince Albert comprirent qu'il est préférable pour une nation de l'emporter sur les autres par la perfection de ses produits, que par une fabrication à bon marché qui n'offre à un travail excessif qu'un salaire minime, et livre un peuple aux angoisses terribles des crises commerciales. Ils demandèrent l'établissement d'un département des arts et des sciences appliqués à l'industrie, et, dès la première année, le budget de ce département s'éleva à près de deux millions de francs. En regard de ces efforts prodigieux, que fait la France ? Rien. Confiante dans l'excellence de son goût, dédaigneuse de celui de ses rivaux, elle reste simple spectatrice.

Ne rions point cependant de ces tentatives hardies. Le peuple qui a formé des Reynolds, des Gainsborough, des Wilkie, des Turner et plusieurs autres artistes que nous ne connaissons pas assez, peut aussi façonner des ouvriers capables de rivaliser avec les nôtres et même de les surpasser. « Jusqu'à présent, dit M. le comte de Laborde, nous n'avons eu à lutter que contre des efforts individuels, et nous sommes déjà atteints sur quelques points dans les arts, battus complétement par les poteries de Minton, menacés par l'orfévrerie d'Elkington et par plusieurs autres industries. Quand un peuple a les grandes facultés, et par-dessus tout cette qualité de persévérance qui ne connaît aucun obstacle, vous avez tout à redouter. Les Anglais, quoi que vous en pensiez, ont les dispositions artistes les plus rares à un degré éminent... » Cette opinion, formulée en 1856 par le rapporteur de la commission de l'Exposition de 1851, n'est point seulement personnelle : les Chambres de commerce ont depuis longtemps répandu l'alarme. Elles ont averti nos fabricants que les draps des Anglais sont partout préférés en Amérique, parce que nos voisins ornent mieux leurs pièces que nous n'ornons les nôtres. Lyon s'est ému des progrès réalisés par nos rivaux dans la soierie, et cette ville, pour venir en aide à ses fabriques, a résolu, entre autres choses, de fonder un musée d'art industriel. Mais de tous ces projets il n'est résulté qu'un excellent rapport de M. Natalis Rondot, chargé par la Chambre de commerce de visiter l'Angleterre et la Belgique. Les craintes éveillées par les expositions de 1851 et de 1855 ne se confirment que trop en l'année 1862, qui nous trouve sommeillant quand nos émules marchent à grands pas vers le mieux. « Rien ne surgit depuis quinze ans. La France semble une terre épuisée que dorent encore les derniers épis de la dernière moisson. On sent une sorte d'arrêt ; il se fait entendre comme un cri de détresse. Prenons garde, ces crises arrivent d'ordinaire au moment des grands enivrements, quand on se couronne de roses, et que, paresseusement couché sur ses lauriers, on regarde d'un œil aviné les efforts de rivaux dont on croit n'avoir rien à craindre. » Ces lignes inquiétantes, écrites par M. le comte de Laborde, ne sont que trop vraies. Depuis nombre d'années, au lieu de demander aux œuvres des siècles passés la science et les principes de la beauté, nous nous contentons de faire des pastiches dictés par la manie archéologique. L'Angleterre, mue par un esprit de jeunesse, s'apprête à porter la guerre sur notre terrain ; encouragée par ses premiers succès, elle rêve au moment où elle l'emportera sur notre industrie par le goût, oui, par le goût. Préparons-nous donc à la lutte ; fondons, nous aussi, des institutions vivantes, et rajeunissons celles qui ont vieilli ou qui sont insuffisantes pour répondre aux besoins nouveaux.

L'administration du Louvre, frappée des inquiétudes très-vives qui se sont manifestées à la nouvelle que le Musée Napoléon III allait entrer au Louvre pour servir uniquement à la satisfaction des yeux, a fait espérer qu'elle ouvrirait des salles d'étude et qu'elle donnerait aisément communication de ses trésors. Nous avons toute confiance dans le zèle de MM. les conservateurs, et nous ne voulons point douter de leur désir de se rendre utiles ; mais nous craignons fort qu'ils ne trouvent bientôt la tâche trop lourde et trop contraire à leurs habitudes : nous n'en voulons d'autre preuve que l'installation des collections les plus profitables à l'industrie dans la galerie d'Apollon ; le luxe des tables qui les supportent, les barrières qui les rendent inabordables, le mauvais jour qu'y reçoivent les objets, ne disent-ils point assez que ces collections ne sont

point là pour être étudiées , mais simplement pour meûbler
somptueusement une salle immense et superbe ? Quoi qu'on
fasse, le Louvre sera toujours une institution essentiellement con-
servatrice et nullement vitale. Les chefs-d'œuvre qu'il renferme le
condamnent à l'immobilité. Le respect dû à ses richesses s'allie mal
avec la vie, et il serait même dangereux de voir s'y introduire la
coutume des communications faciles. Mais est-ce à dire que le Louvre
n'a aucun rôle à remplir dans notre société? Loin de là, son rôle
est des plus grands et des plus nobles. L'esthétique et l'archéologie
se partagent de nos jours le domaine de la science. Que deux musées
répondent à ces deux grandes divisions de l'esprit humain ; que le
Louvre porte bien haut le drapeau de l'esthétique, si compromise
jusqu'à présent; qu'il apprenne aux populations quelles sont les
œuvres vraiment dignes d'une admiration sans réserve, et qu'un
Musée Napoléon III réunisse les monuments intéressants pour la
science, révèle aux fabricants les procédés perdus depuis des siècles,
et enseigne comment l'art peut rehausser et embellir l'industrie.

Oui, le Louvre ne devrait posséder presque exclusivement que
des œuvres d'art pur : des peintures et des sculptures divisées en
deux classes; d'un côté, celles qui vivent d'une beauté toujours
jeune et qu'on placerait de manière à faire ressortir toutes leurs
qualités, et, de l'autre côté, celles qui tirent leur intérêt principal
de l'histoire même de l'art.

Il ne faut point se le dissimuler : réunir au Louvre les monuments d'archéologie et ceux d'un art secondaire, c'est fausser la
destination de ce musée et le jeter dans une voie pernicieuse. Tandis
que le public, troublé par la vue d'innombrables objets, bons et mauvais, ne sait où arrêter ses regards et court le risque d'adorer de
faux dieux, le savant est réduit à voir de loin et à travers une glace
des morceaux qu'il lui faudrait examiner de près et sous toutes les
faces. Quant aux industriels, malgré toutes les bonnes intentions de

MM. les conservateurs, nous ne craignons pas de dire qu'ils n'y trou-
veront jamais et qu'ils n'y doivent pas trouver les facilités et les
ressources d'instruction qui leur sont nécessaires. Il ne suffit pas, en
effet, si l'on veut qu'ils abandonnent les voies battues de l'imitation
banale, de leur livrer de nombreux modèles. Ouvriers peu instruits
pour la plupart, privés de toute éducation, même professionnelle,
par suite de la division du travail, il leur faut des hommes qui les di-
rigent dans leur choix, qui leur apprennent le secret de la noblesse et
de la distinction dans les œuvres grecques, de l'invention et du sentiment dans celles du moyen âge, de l'éclat et de l'harmonie dans celles
des Orientaux. Appelés, non point à répéter des ornements appris,
mais à trouver des motifs inconnus et à disposer les autres suivant
des combinaisons nouvelles, ils ont besoin qu'on leur fasse connaître
les lois nécessaires qui régissent l'ornementation, car si le génie est
assez puissant pour découvrir par lui-même ces lois, le simple talent
demande qu'on les lui enseigne. Autour du musée industriel que
nous réclamons, il conviendrait donc de grouper des écoles de
dessin, d'établir des cours et des lectures qui formeraient même
les parties principales de l'établissement à créer. Ces écoles dans
lesquelles les élèves trouveraient d'admirables modèles, ces cours
dans lesquels les professeurs appuieraient leurs démonstrations sur
des exemples, s'ouvriraient le soir, après les heures du travail.

Le Musée Napoléon III, formé de collections presque exclusivement archéologiques et industrielles, était merveilleusement propre
à devenir le centre d'une vaste institution appelée à se ramifier
dans toute la France. Son utilité pratique fut si promptement recon-
nue que les demandes de cartes de travail abondèrent avant même
qu'il ne fût organisé. Mais son annexion au Louvre nous fait perdre,
on ne peut le méconnaître, la plus grande et la meilleure partie des
bénéfices qu'on était en droit d'en attendre. Le Louvre, avec son
régime du bon plaisir, avec ses tendances à la tranquillité, avec son

budget et son personnel restreints, ne peut point satisfaire aux exigences actuelles de l'industrie; il y a plus : il ne le doit point. Si l'État, par des raisons d'économie qui seraient plus sérieuses encore pour la liste civile, si l'État, disons-nous, ne veut pas intervenir dans la création d'un département des arts appliqués à l'industrie, ne serait-il pas plus désirable que le Musée Napoléon III, au lieu d'entrer au Louvre, trop peu vaste déjà pour exposer ses propres collections, passât entre les mains de la ville de Paris? L'intérêt de cette ville est tellement engagé dans la lutte qui s'ouvre, qu'il est permis, sans crainte d'aucune méprise, de compter sur son zèle. La fabrication de Paris vouée à la production d'objets de luxe, servie par plus de quatre cent mille ouvriers qui produisent à un taux élevé, et qui fournissent du travail à plus d'un million d'ouvriers habitant la province, la fabrication de Paris ne peut soutenir la concurrence étrangère que par la supériorité du goût. Plus que toute autre, elle est menacée; plus que toute autre, elle doit sentir la nécessité de se dérober à la tutelle fatale des ateliers de dessins industriels qui la maintiennent dans une ornière étroite que chaque jour voit se creuser. Aussi, ne doutonsnous point qu'un appel fait par la ville ou par l'État aux industries compromises ne soit favorablement accueilli. De toute façon, avec l'aide ou sans l'aide des collections du Musée Napoléon III, avec ou sans le secours des fabricants, il est désirable, il est utile, il est urgent que l'État ou Paris réalise la pensée émise par la Municipalité et par la Chambre de commerce de Lyon, et que la capitale de la France possède une institution rivale de celle de Kensington, institution féconde, vraiment nationale, et de nature à immortaliser le nom du souverain qui l'aura fondée.

FIN.

www.ingramcontent.com/pod-product-compliance
Lightning Source LLC
Chambersburg PA
CBHW061630180626
46818CB00005B/2310